RÉPUBLIQUE FRANÇAISE

LIBERTÉ — ÉGALITÉ — FRATERNITÉ

Administration générale de l'Assistance publique à Paris

LA RÉFORME
DU PERSONNEL HOSPITALIER
(1903-1909)

École des Infirmières
de
l'Assistance publique de Paris

BERGER-LEVRAULT ET Cie, ÉDITEURS

PARIS | NANCY
5, RUE DES BEAUX-ARTS | 18, RUE DES GLACIS

1909

École des Infirmières
de
l'Assistance publique de Paris

L'ÉCOLE DES INFIRMIÈRES

RÉPUBLIQUE FRANÇAISE

LIBERTÉ—ÉGALITÉ—FRATERNITÉ

Administration générale de l'Assistance publique à Paris

LA RÉFORME
DU PERSONNEL HOSPITALIER
(1903-1909)

École des Infirmières
de
l'Assistance publique de Paris

BERGER-LEVRAULT ET Cie, ÉDITEURS

PARIS
5, RUE DES BEAUX-ARTS

NANCY
18, RUE DES GLACIS

1909

Photographies
de Barry, Reutlinger,
Anthony's, Lémery

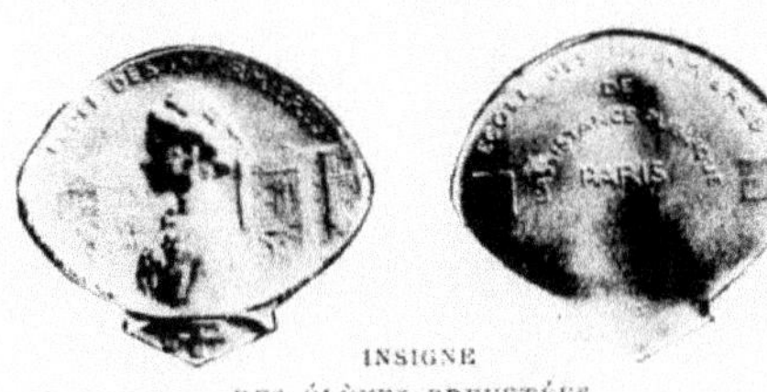

INSIGNE
DES ÉLÈVES BREVETÉES
(M. E. Vernier, graveur)

ÉCOLE DES INFIRMIÈRES

DE L'ASSISTANCE PUBLIQUE A PARIS

à l'Hospice de la Salpêtrière, 47, boulevard de l'Hôpital
(Téléphone : 808-52, 809-18)

Surveillante générale : Mme L. JACQUES, O.
Surveillante : Mlle GRENIER.
Monitrices :

Mlles FRAVAL, GOSSELIN, HAVET, SOULIER (infirmières brevetées de l'Assistance publique).

Administrateurs de l'École :

M. L. ENJOLRAS, directeur de la Salpêtrière (services économiques et budgétaires) ;

M. ANDRÉ MESUREUR, chef du service de la direction de l'Assistance publique (enseignement et service intérieur).

Professeurs :

M. le docteur BAUMGARTNER, soins aux malades de chirurgie (répétiteur : M. le docteur V. PLANSON) ;

M. le docteur O. CROUZON, soins aux malades de médecine ;

M. le docteur P. ARMAND-DELILLE, soins aux enfants ;

M. le docteur M. VILLARET, soins aux aliénés, aux contagieux, aux vieillards ;

M. le docteur MOCQUOT, anatomie et physiologie (répétiteur : Mme JACQUES) ;

M. le docteur LE PLAY, hygiène ;

Mme LEFÈVRE-HÉNAULT, soins aux femmes en couches et aux nouveau-nés ;

M. ANDRÉ MESUREUR, administration hospitalière ;

M. DELÉPINE, pharmacie ;

Mlle G. PROCOPÉ, massage ;

M. le docteur DELHERM, électricité (2e année).

Service médical :

M. le docteur O. CROUZON, ancien interne des hôpitaux, ancien chef de clinique de la Faculté.

Les soins dentaires sont assurés par l'École dentaire de Paris, sous le contrôle de M. le docteur CROUZON.

Membres du Conseil de surveillance de l'administration générale de l'Assistance publique à Paris chargés de l'École : MM. HONORÉ, A. SILHOL.

LA SALLE D'ÉTUDE

I

L'orientation de l'instruction

Le règlement du 1er mai 1903, où s'élaborèrent les détails de la réforme générale du personnel hospitalier, depuis longtemps préparée et attendue (1), appuyait le principe de la distinction du personnel soignant et du personnel servant, de la création d'un centre de recrutement destiné à former des « infirmières » pour les services hospitaliers.

Il est étrange de constater le sort malheureux de ce vocable d' « infirmière », appelé cependant, par ses origines, à une destinée

(1) Voy. compte moral de 1902, p. 50; 1903, p. 29.

meilleure. Quelle plus noble tâche que celle de se consacrer aux « infirmes », suivant l'expression si souvent répétée autrefois : les « pauvres malades et infirmes » ! C'est pour les « infirmes » qu'a été édictée la grande loi d'assistance obligatoire qui caractérisera nos services au début du xxe siècle. Cependant, au lieu de désigner une profession ayant sa technique, ses traditions, ses obligations morales, on a accoutumé de voir dans l'infirmière l'équivalent d'une domestique : le public ignorant ne se doute pas qu'en vidant le bassin du malade, l'infirmière peut lui sauver la vie, grâce à tout ce qu'elle aura su y voir. La langue anglaise n'est guère mieux dotée que la nôtre : la « nurse » est presque la « nourrice », et nous connaissons surtout comme « nursery » le réduit où les bébés se livrent à leurs ébats.

La chose est nouvelle : l'art de soigner les malades, les notions techniques qu'exige cette aide continue donnée au médecin datent d'hier ; servons-nous des vieux mots (1) ; de même que les nurses, nos « infirmières » modernes sauront créer l'acception nouvelle et imposer le respect. Par la force de démonstrations qui intéressent la société, l'infirmière ne sera plus la servante, ni la « garde » ; elle est une professionnelle et la notion de la « soignante », sinon le terme même, a déjà pénétré partout.

L'organisation propre de l'école des infirmières de l'Assistance publique avait été préparée par la commission chargée d'élaborer le règlement et de développer la pensée des rédacteurs du règlement de 1903 (2). Il importait surtout, au moment où les premières candidates recrutées franchissaient la porte, de préciser nettement l'orientation de cette éducation, d'écarter des conceptions similaires non adaptées au but, d'appliquer les efforts au type de l'infirmière, telle qu'elle puisse répondre aux désirs des chefs de nos services hospitaliers parisiens et qu'elle puisse y tenir utilement sa place ; et, dès le début, ceux qui eurent la mission de veiller à la création nouvelle se heurtèrent à des difficultés d'ordres divers, à des objections contradictoires.

---

(1) On a essayé de franciser le mot « nurse » en « neurse ». Il n'y a là qu'un affreux barbarisme. Les mots étrangers ne sont pas faits pour être déformés, surtout par une figuration phonétique.

(2) Cette commission nommée par arrêté du 8 févr. 1905 se composait de MM. Félix Voisin, président ; Debove, Honoré, Faisans, Walther, Navarre, André Lefèvre, Félix Roussel, Sigismond Lacroix, Bourneville, Julien Noir ; Mme Desjardins, Mlle Hénault, Mme Meusy, les directeur et secrétaire général de l'administration ; MM. Gory, Lejars, Montreuil, May ; M. Trichet, secrétaire. Elle a tenu séance du 23 nov. 1905 au 23 juill. 1907. — Le projet de construction avait été approuvé par avis du Cons. de surv., 23 juill. 1903, du Cons. mun., 31 déc. 1903. Les premières élèves sont entrées le 21 oct. 1907.

Le bâtiment est brillant de fraîcheur, et l'installation, sans être luxueuse (1), constituait pour les élèves, par rapport aux vieux hôpitaux, une amélioration telle qu'elle pouvait paraître trop favorable et de nature à éveiller en elles des goûts disproportionnés avec leur situation. Vont-elles, en sortant de ce collège réservé à un petit nombre, constituer dans le personnel une aristocratie et « diriger » dès l'abord ? Grave danger pour une institution qui doit former des infirmières destinées à prendre rang dans le personnel actuel, à y jouer un rôle efficace, à s'harmoniser avec les cadres en fonctions. Les élèves, dès les premiers jours, tinrent à honneur de montrer qu'elles étaient avant tout de bonnes ménagères. On leur avait donné des domestiques; quelques semaines après leur arrivée, ces domestiques quittaient l'école et ce furent les élèves qui entretinrent leur maison, qui firent la cuisine sous la direction d'un chef. — Besogne pénible ! a-t-on dit aussitôt. Vous contraignez ces élèves, ces futures soignantes, à être des domestiques ? Une telle erreur ne s'explique que par l'ignorance des devoirs et des nécessités du rôle de la surveillante. Pour commander et instruire ses subordonnées, la surveillante doit avoir exécuté elle-même les travaux habituels de l'hôpital. On ne s'improvise pas ménagère. Et le métier de « domestique » auquel à tour de rôle, pendant 2 ou 3 mois pendant la première année (2), sont astreintes les débutantes, leur paraît infiniment moins pénible que ce stage comme fille de service visé par l'article 15 du règlement et qui devait être exécuté dans les salles de malades, sous l'œil peu bien-

(1) Le bâtiment, construit par M. P.-L. Renaud, comprend notamment, au sous-sol à droite, la cuisine avec ses 2 offices et ses appareils (machine à peler les pommes de terre, à frotter les couteaux, etc.) ; le cabinet du dentiste ; le laboratoire de pharmacie ; les caves et magasins ; à gauche, les 14 cabines de bains, les 2 tribunes de douches, une lingerie ; les 2 salles de massage (hommes et femmes) et la salle d'attente ; au centre, sous l'amphithéâtre, la lingerie ; au rez-de-chaussée : à droite, les 2 réfectoires et leurs offices ; à gauche, la salle de réunion, la salle d'études, la salle de démonstrations pratiques et la bibliothèque ; au centre, le grand amphithéâtre des cours, une salle pour les professeurs, le cabinet de la surveillante générale, la salle des examens, le parloir, le bureau des monitrices ; aux étages, les chambres des élèves, dans les ailes ; au centre, les appartements des surveillantes, des monitrices et les salles d'étude ; au quatrième étage, dans l'aile gauche, l'infirmerie avec ses 2 salles et des chambres d'isolement ; dans l'aile droite, des magasins de réserve. Les crédits de construction (1.011.000 fr.) et d'ameublement, d'objets de coucher, linge, habillement (76.000 fr.) font ressortir le coût d'un lit d'élève à 6.740 francs (construction)+506 francs (mobilier) = 7.246 francs; mais il y a lieu de noter que ce taux est basé sur le chiffre théorique de 150 élèves, chiffre qui en réalité est dépassé, et que, d'autre part, les locaux annexes (3 appartements, locaux d'enseignement) sont extrêmement importants.

(2) Les élèves préparent à la cuisine les mets légers et les plats sucrés, prévus par le règlement.

veillant du personnel hospitalier, sous la direction discontinue de surveillantes préoccupées de leur propre service. C'est leur maison qu'elles entretiennent, et cet aspect de blancheur, cet air de bon ordre qui y règne leur appartient en propre : si les innombrables vitres de l'école sont nettoyées par des journaliers, si les parquets immenses sont entretenus par ceux-ci — travail masculin — tout le reste de la maison n'est touché que par les mains des élèves, et le jour où le « chef » qui dirige la cuisine a sa « sortie » hebdomadaire, il n'est point remplacé ; on ne s'aperçoit point de son absence.

CHAMBRE D'ÉLÈVE

Il n'était pas moins nécessaire de rendre la vie de l'école assez séduisante pour que toutes les jeunes filles, quelle que fût leur condition, pussent l'accepter volontiers. Chaque élève a sa chambre, munie d'un lavabo à eau courante, d'un radiateur, d'une armoire à glace, table, fauteuil, chaise, carpette, et elle est libre d'y déposer ses bibelots personnels. Les soins matériels dont les élèves sont entourées nous ramènent à cette règle, qui est bien dans les traditions hospitalières — encore que les habitudes nouvelles l'aient un peu effacée — que le milieu hospitalier n'est pas l'usine où l'ouvrière ne compte que pour l'effort donné. Il y a un lien, un lien presque familial entre les commensaux d'un même toit. Ici, c'était encore plus naturel qu'ailleurs : les élèves sont destinées à former un groupe, élevées dans les mêmes murs, inspirées des mêmes principes, et rien ne fut négligé pour leur bien-être.

Il était permis de se demander — et quelques esprits inquiets n'ont pas manqué d'insister sur ce point sans se donner la peine d'examiner l'institution même (1) — si l'organisation de l'enseignement ne se heurterait pas à des difficultés extraordinaires. On a souvent répété qu'il était regrettable que l'école ne fût pas en même temps un hôpital. Suivant une formule appliquée en Angleterre, en France, dans de petites écoles, les élèves exécutent en même temps le service de l'hôpital ; la directrice est aussi la surveillante en chef et dirige le service des salles. A Paris, au contraire, l'administration a élevé un collège, laissant à ceux qui seraient chargés de l'organisation le soin de réaliser les meilleures conditions pour l'enseignement pratique. Il n'a pas semblé que c'était une difficulté ; dans le parti qui a été adopté, les élèves de l'Assistance publique bénéficient même d'une situation extrêmement favorable pour leur instruction pratique. Quoi qu'on fasse, l'hôpital, placé sous la direction de la « matron », ne comportera nécessairement qu'un certain nombre de lits, qu'une série limitée de catégories de malades. Par la force des choses, il manquera ici ou là des éléments d'instruction : une consultation, une maternité, des services d'enfants, etc. La spécialisation chaque jour plus complète rendra cet inconvénient de plus en plus grave et il sera indispensable de ne plus limiter les élèves à une seule maison. Remarquons d'ailleurs que la situation topographique de l'école des infirmières ressemble singulièrement à celle de ces « home » construits à l'usage des nurses anglaises, qui sont de véritables annexes de l'hôpital ; dans la formule moderne, le personnel doit avoir un habitat indépendant.

Mais il s'agissait surtout de la pratique des soins. Nos élèves quittent l'école pour se rendre dans des salles où elles ne sont pas les agents du cadre. Non seulement nous avons ainsi la facilité d'établir un roulement assez complet pour leur faire connaître, au cours de leurs deux années d'études, les diverses catégories de malades et la situation des hôpitaux de Paris. Mais la surcharge habituelle à nos services actifs, l'insuffisance du personnel rendit leur situation favorable : elles apportaient un appoint sérieux, et ceux qui ont l'expérience des choses hospitalières savent bien qu'il ne devait pas manquer de besogne pour utiliser leur activité et leur donner la pratique des soins aux malades. Il suffit de voir combien nos élèves de seconde année qui passent leur journée entière à l'hôpital reviennent fatiguées de cette vie d'une activité incessante qu'est la vie de nos grands services hospitaliers. L'expérience est faite

(1) Cf. polémique instaurée dans la « Garde-Malade hospitalière » de Bordeaux, nos 28 et 29, janv. et févr. 1909, et la réponse de M. André Mesureur, n° 29, p. 25.

aujourd'hui : grâce à la bonne entente qui s'est établie avec les surveillantes des salles, grâce à l'organisation nouvelle qui place les élèves auprès des brevetées, le cours d'enseignement professionnel se réalise d'une façon suivie et utile.

C'est la démonstration qu'ont d'ailleurs faite dès le début des maîtres comme le professeur Dieulafoy, auquel nous avons déjà eu l'occasion de rendre hommage et de témoigner notre gratitude. Il accueillit les élèves de notre jeune école comme dignes de prendre place parmi ces générations auxquelles il donne cet enseignement magistral qui a fait de la clinique de l'Hôtel-Dieu le centre d'études que l'on connaît et il prit en mains la direction de leur enseignement pratique.

Enfin les présages peu favorables dont de tous côtés retentissait le peu charitable écho nous avertissaient que nous aurions quelque peine à trouver un recrutement conforme au programme que nous nous sommes tracé. L'événement a démontré le contraire. Si, la première année, l'école n'étant pas encore connue, les candidates ont été relativement peu nombreuses, les demandes de renseignements, les concurrentes ont afflué bientôt (1). Notre école qui entre aujourd'hui dans sa troisième année d'existence s'est classée, comme il était naturel, parmi les centres d'enseignement professionnel accessibles à des jeunes filles ayant le courage d'affronter une carrière honorable entre toutes, et les conditions avantageuses qu'elles y trouvent, l'avenir assez supérieur à ce que réservent aux femmes les professions analogues, ont créé un mouvement régulier vers elle. Non seulement beaucoup de candidates sont pourvues du brevet élémentaire, mais encore ce sont des jeunes filles quittant leur famille, venant directement de la maison paternelle pour franchir la porte de notre maison d'infirmières, et il y a là pour nous une garantie morale dont l'importance n'échappera pas. Joignons à cette considération que les meilleures d'entre nos hospitalières sont venues à cet examen, y ont réussi, et on constatera que l'école des infirmières de l'Assistance publique a bien le caractère démocratique d'une école accessible à tous les agents de notre personnel aussi bien qu'aux candidates venant de l'extérieur. Les unes et les autres y trouvent le moyen de s'instruire, d'acquérir une profession des plus difficiles sans aucune dépense, puisqu'elles sont défrayées de tout par l'administration et qu'elles sont placées par elle dans

---

(1) Nous avons été puissamment aidés par la presse qui a répandu la nouvelle de l'ouverture de l'école, notamment par le *Manuel de l'enseignement primaire*, par les grands quotidiens, par les périodiques et en particulier par les *Annales* (n° du 23 août 1908, art. de Mme Ad. Brisson).

des conditions identiques, quelle que soit leur situation familiale (1).

L'école dès ses débuts a été critiquée de la façon la moins bienveillante ; elle a rencontré des contradicteurs inattendus ; elle a trouvé, et c'était naturel, des résistances comme c'est le sort de toutes les organisations nouvelles. Je n'ose pas dire encore qu'elle a triomphé des uns et des autres. Il faut cependant constater que les élèves brevetées depuis quelques semaines ont pris leur place dans les services, et qu'elles se sont montrées à la hauteur de leur mission ; tous leur ont déjà rendu hommage et elles se sont fixées dans le rang sans difficulté. Des encouragements nous étaient venus et nous ont été précieux. Le 27 octobre 1908, un an après la mise en service de l'école, M. le professeur Landouzy, entouré de nombreux professeurs de la Faculté, de médecins et de chirurgiens des hôpitaux, visitait l'école et manifestait son approbation ; le 4 novembre 1908, M. Cruppi, ministre du commerce et de l'industrie, apportait l'appui et l'autorité qui s'attachent à une manifestation du gouvernement pour la continuation de l'œuvre.

Mme L. JACQUES

« Nous avions heureusement dans la surveillante générale, Mme Jacques, ancienne élève de la Maternité, une femme vaillante qui ne se laissa point émouvoir ; aimée des élèves, elle sut les rassurer, les soutenir, sans perdre un instant le but élevé que nous poursuivions ; elle savait qu'elle avait mon approbation, et que le directeur de l'Assistance publique veillait chaque jour sur l'école, et cette tutelle quotidienne, celui qui l'exerça en mon nom et sous mes ordres avec une rare compétence et une véritable passion pour

(1) Le trousseau de chaque élève, fourni par l'administration, se compose de : 4 draps, 2 taies, 3 chemises, 2 jupons de coton, 3 tabliers plissés, 2 cols, 2 bonnets, 4 peignoirs d'infirmières, 2 paires de bas, 3 fichus, 1 costume d'été, 1 costume d'hiver, 1 manteau, 2 chapeaux, 2 épingles à chapeau, 3 serviettes de toilette, 3 essuie-mains. Elles reçoivent une indemnité de chaussures de 12 francs par an ; elles n'ont naturellement rien à débourser pour le blanchissage.

le triomphe de l'école, me touche de trop près pour que je puisse l'en remercier (1). »

Le fonctionnement de l'école est désormais assuré. La surveillante générale, que ses fonctions mettent constamment en rapports avec les hôpitaux, communique directement avec les directeurs des établissements. Elle est placée sous l'administration du directeur de la Salpêtrière en ce qui concerne les services économiques et budgétaires, et sous l'administration du chef de service de la direction en ce qui concerne la direction de l'enseignement théorique et pratique, la discipline et l'organisation des stages (2).

La surveillante générale est assistée d'une surveillante adjointe et de quatre monitrices, recrutées parmi les anciennes élèves de l'école, attachées à l'œuvre et connaissant bien les besoins de leurs jeunes camarades. C'est d'ailleurs le seul personnel qui soit attaché à l'école en dehors du cuisinier, qui a rang de surveillant, des trois journaliers chargés des gros ouvrages (frottage des parquets, nettoyage des vitres, transport du linge, des ordures ménagères, du vin) et d'un chauffeur, chargé des chaudières à basse pression. Le cadre primitif comprenait des filles de service, veilleuse, première fille de lingerie, etc., qui ont été supprimées à la fois pour réaliser une économie et pour initier nos élèves aux diverses parties du service intérieur.

---

(1) Discours de M. G. Mesureur à l'inauguration de l'école (voy. *Bull. mun. off.*, 15 nov. 1908).

(2) Arr. du 28 oct. 1907, 16 déc. 1907, 21 juill. 1909, 10 nov. 1909. Le cadre définitivement fixé par l'arrêté du 10 nov. 1909 comprend : 1 surveillante générale, 1 surveillante adjointe, 4 monitrices (toutes logées), 1 surveillant-cuisinier (externe), 3 journaliers, 1 chauffeur d'hiver ; pour l'enseignement : 1re année 10 professeurs ; 2e année, 8 professeurs.

LES ÉLÈVES A LA SORTIE DE L'ÉCOLE

II

Le recrutement des élèves

En vue de faciliter l'accès de notre école aux jeunes filles de province, il a été décidé que, comme il est d'usage à l'école de la Maternité, les candidates seraient reçues gratuitement à l'école et entretenues aux frais de l'administration pendant les quelques jours que dure l'examen d'admission. Non seulement il y a là une économie pour les parents, mais encore une solution donnant les meilleures garanties de la question difficile du séjour d'une jeune fille seule à Paris. Il en est résulté quelques ennuis ; pendant cette période, nos locaux sont transformés en dortoirs improvisés : lors du dernier examen, l'école a logé 127 candidates. Il n'est pas toujours aisé d'aller, comme nous le leur offrons, les chercher à la gare lors de leur arrivée; mais, grâce à la bonne volonté de toutes, grâce à l'entrain général, l'école sait pourvoir à toutes les difficultés. Il ne faut pas oublier que les candidates viennent de fort loin, de

Corse, d'Algérie, et celles-là sont autorisées à faire un plus long séjour que les autres.

J'ai rendu cette année plus rigoureux encore l'examen médical des candidates : non seulement elles se présentent, comme le veut le règlement, devant une commission composée d'un médecin et d'un chirurgien des hôpitaux, mais encore elles subissent, s'il y a doute, un second examen. Il y a là une garantie pour elles et pour l'administration. Ces examens se pratiquent d'ailleurs dans des conditions identiques à celles réalisées par un praticien dans son cabinet privé.

Il a été adjoint aux épreuves fixées par le règlement — narration (1), dictée et problèmes — une épreuve de couture ; il est inadmissible en effet qu'une infirmière ne sache pas coudre et nous n'avons point le temps à l'école de donner cette partie de l'instruction.

Par une mesure de bienveillance que m'ont suggérée souvent les circonstances, ont été conservées dans le personnel hospitalier, comme postulantes d'abord, pour être titularisées ensuite, les candidates évincées qui ont fait connaitre les difficultés que présentait pour elles le retour au pays. Elles ont formé un groupe à part à l'hospice de Brévannes et cette année quelques-unes de celles qui étaient demeurées ainsi chez nous ont réussi à franchir les portes de l'école. Elles trouvent d'ailleurs à Brévannes une série de cours et notamment des cours primaires qui leur permettent d'achever la préparation de leur examen.

Comme le prescrit le règlement, les élèves ont un délai de deux mois pour se décider définitivement avant de signer l'engagement qui les liera à l'administration pour une période de cinq années, deux ans à l'école, trois ans ensuite, avant d'être admises à verser à la retraite. Ont été admises en qualité de stagiaires un nombre d'élèves supérieur au chiffre de 75, de manière à donner à l'administration de l'école la faculté de faire un choix : c'est l'admission au second degré. Cette épreuve, définitive, celle-là, se prolonge assez longtemps pour que nous soyons éclairés sur la valeur de la candidate et en même temps se produit le contrôle

---

(1) Les sujets très simples qui ont été donnés sont les suivants : rapport d'une surveillante à l'occasion d'un commencement d'incendie qui a été éteint grâce au dévouement du personnel ; lettre d'une élève de l'école des infirmières à ses parents à l'occasion de la nouvelle année ; une candidate écrit à une de ses amies pour la décider à se présenter comme elle à l'école des infirmières. Les élèves des diverses promotions étaient titulaires des diplômes suivants : 1907-1909, 8 brevets élémentaires, 33 certificats d'études ; 1908-1910, 5 brevets supérieurs, 20 brevets élémentaires, 32 certificats d'études ; 1909-1911, 35 brevets élémentaires, 49 certificats d'études, 1 diplôme d'études secondaires classiques.

nécessaire de l'examen médical d'admission, au moment de l'établissement du carnet médical dont nous parlerons plus loin.

L'administration s'entoure donc d'une double garantie avant de laisser les élèves entrer définitivement à l'école. L'événement a prouvé que les départs étaient sensiblement les mêmes : pour les deux premières années, les élèves ayant quitté l'école sont au nombre d'une vingtaine ; la première année, huit sont parties de leur plein gré, ne se plaisant pas à l'école ou ayant trouvé une situation meilleure, deux ont quitté pour raison de santé et neuf ont été renvoyées pour fait d'indiscipline ; la deuxième année, treize étaient parties de leur plein gré, deux pour raison de santé et quatre ont été renvoyées.

La proportion des candidates admises appartenant au personnel hospitalier a sensiblement baissé : 14 en 1907, 14 en 1908, 12 en 1909. Les directeurs des établissements avaient dès la première année invité les meilleurs sujets à passer par l'école. Un certain nombre d'élèves appartiennent à des familles hospitalières : 6 en 1907, 1 en 1908, 2 en 1909 (1). Le tableau ci-dessous donne la répartition des candidates suivant leur origine.

Statistique des admissions

	Années 1907-1909	Années 1908-1910	Années 1909-1911	Observations
Élèves admises provisoirement	86	103	104 (1)	(1) Dont 2 Arméniennes admises à titre étranger.
Élèves admises définitivement.	77	86	"	(2) 3 ont été refusées à la suite de cet examen.
Élèves ayant subi l'examen de passage	70	70 (2)	"	
Élèves ayant subi l'examen en vue du brevet.	59 (3)	"	"	(3) 7 élèves ont été ajournées à une session ultérieure en raison de leurs absences pour raison de santé. De ces 7 élèves, 3 seulement ont été admises à recevoir le brevet.
Élèves brevetées.	57	"	"	

TABLEAU.

(1) Trois élèves ont successivement fait entrer à l'école, l'année suivante, une sœur.

Statistique des admissions (suite)

DÉPARTEMENTS	Candidates admises en		
	1907	1908	1909
Ain	»	1	»
Aisne	»	1	1
Allier	2	1	1
Alpes (Basses-)	»	1	»
Alpes (Hautes-)	»	»	1
Ardennes	»	1	1
Aube	»	3	2
Aude	»	2	1
Aveyron	1	1	1
Bouches-du-Rhône	»	»	1
Cantal	»	2	»
Charente	»	»	2
Charente-Inférieure	»	»	1
Cher	»	1	1
Corrèze	»	1	»
Corse	»	2	2
Côtes-du-Nord	2	3	4
Creuse	»	1	1
Dordogne	»	1	1
Doubs	1	1	»
Drôme	»	1	»
Eure	1	»	»
Eure-et-Loir	»	»	1
Finistère	2	4	»
Gard	»	1	1
Garonne (Haute-)	»	»	4
Gers	»	»	1
Gironde	»	»	1
Hérault	»	1	»
Indre-et-Loire	»	1	2
Isère	»	»	2
Jura	1	1	3
Landes	»	»	1
Loire	»	»	1
Loire (Haute-)	»	1	4
Loire-Inférieure	»	2	»
Loiret	»	»	1
Lot	4	3	1
A reporter	13	38	44

DÉPARTEMENTS	Candidates admises en		
	1907	1908	1909
Report	13	38	44
Lot-et-Garonne	»	»	1
Lozère	»	»	4
Maine-et-Loire	»	2	»
Manche	»	1	»
Marne	»	1	»
Marne (Haute-)	»	1	»
Meurthe-et-Moselle	»	1	»
Meuse	1	»	»
Morbihan	»	3	1
Nord	»	2	»
Oise	1	1	1
Orne	»	»	1
Pas-de-Calais	»	2	»
Puy-de-Dôme	»	2	1
Pyrénées (Basses-)	»	2	3
Pyrénées (Hautes-)	»	1	2
Pyrénées-Orientales	»	»	1
Rhône	»	2	»
Saône (Haute-)	1	»	2
Saône-et-Loire	»	»	3
Savoie	»	1	»
Savoie (Haute-)	1	»	2
Seine-et-Marne	»	1	»
Seine-et-Oise	1	2	1
Sèvres (Deux-)	»	»	1
Somme	1	2	»
Tarn-et-Garonne	»	1	1
Var	»	»	1
Vosges	1	»	1
Yonne	»	1	»
Alsace	»	1	»
Étrangères	»	»	2
Seine :			
Personnel hospitalier	14	14	12
Étrangères à l'administration	32	19	15
Totaux	66 [1]	103	104

[1] Ce chiffre ne comprend que les élèves ayant accompli les 2 années d'études.

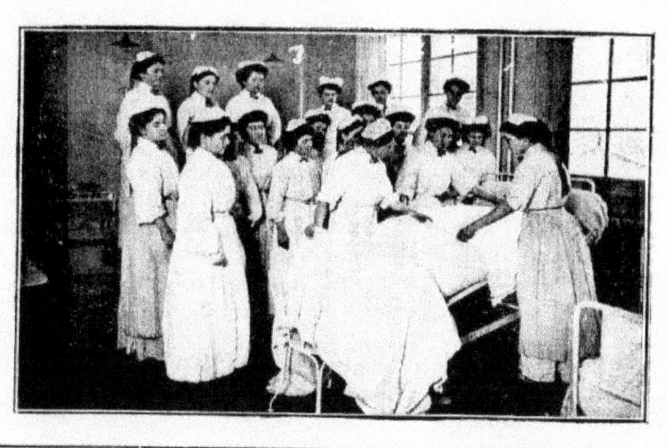

III

L'enseignement à l'école

Les cours faits à l'école ont été groupés dans la première année afin de réunir tous les éléments nécessaires à l'élève pour tirer profit des instructions pratiques. Ces cours, malgré leur aspect de cours faits dans un amphithéâtre, ne sont, à l'exception de trois, que des cours pratiques : leur titre est suffisamment explicite à cet égard. Il s'agit de soins aux malades de telle ou telle catégorie, et, comme ils sont faits précisément par d'anciens internes, chefs de clinique ou chirurgiens qui vivent dans nos services, qui connaissent les besoins et les nécessités de la thérapeutique moderne, on peut dire que la partie proprement professionnelle de l'enseignement à l'école est conçue exactement dans le cadre où doivent se mouvoir plus tard nos élèves. Telle est en effet la base de l'enseignement : former des infirmières qui soient de bonnes infirmières d'hôpital, à l'exclusion de toute autre catégorie, infirmières privées, gardes-malades, etc.

Trois cours sont théoriques : l'hygiène (M. le docteur E. Le Play), l'anatomie et la physiologie (M. le docteur Mocquot), l'administration hospitalière (M. André Mesureur) (1). Encore

---

(1) Nombre de leçons faites en 1908-1909 (élèves de 1re année) par chacun des professeurs : anatomie et physiologie (M. Sebileau et ses suppléants), 38 ; MM. O. Crouzon, 20 ; Le Play, 19 ; Baumgartner, 24 ; Villaret, 20, Armand-Delille, 20 ; A. Mesureur, 29 ; Mlle Procopé, 24 ; M. Delépine, 21 ; Mme Lefèvre, 26.

faut-il ajouter que les leçons d'anatomie et de physiologie sont répétées par les monitrices, que l'appareil à projections dont l'amphithéâtre est pourvu permet de montrer aux élèves les vues des traités classiques d'anatomie, que le mannequin-squelette et les os détachés, que l'homme clastique d'Auzoux rendent faciles, pour les unes et les autres, ces démonstrations. Le cours d'hygiène est complété par des leçons pratiques faites en dehors de l'école, par exemple pour la démonstration de l'autoclave. Enfin le cours d'administration hospitalière comporte l'explication des règlements intérieurs, des formalités administratives si nombreuses dans nos hôpitaux ; les imprimés d'administration (1) sont mis entre les mains des élèves de manière à leur constituer des exemples précis. Ce cours comprend d'ailleurs toute une partie morale où sont envisagées les questions que les Américaines dénomment l' « éthique de la profession ».

Les autres cours sont divisés suivant les catégories de malades : médecine (M. le docteur O. Crouzon), chirurgie (M. le docteur A. Baumgartner), enfants (M. le docteur P. Armand-Delille), aliénés, vieillards et contagieux (M. le docteur M. Villaret), femmes en couches et nouveau-nés (Mme Lefèvre-Hénault). M. Delépine, pharmacien des hôpitaux, fait un cours de pharmacie et dispose dans les sous-sols de l'école d'un laboratoire de démonstration.

Mme LEFÈVRE-HÉNAULT

Le cours de massage a été confié à Mlle Procopé: il a été organisé suivant les méthodes en usage à Stockholm, en limitant rigoureusement l'enseignement aux pratiques courantes, telles que celles que peut être amenée à faire une infirmière dans la salle d'hôpital. Il ne pouvait être question de donner un enseignement complet du massage ;

(1) Les élèves ont d'ailleurs à tenir à l'école les carnets suivants : c. des correspondants des élèves, c. des heures de sortie et de rentrée, c. des cours, c. des élèves demeurant à l'école, c. de l'infirmerie, c. des bains, c. de la surveillance des chambres, c. du mouvement, c. des dépenses de transport, c. de change au magasin, c. du linge, c. des menus.

plusieurs années consacrées exclusivement à cette éducation sont indispensables en effet. Après des leçons générales, reliées étroitement au cours d'anatomie et de physiologie, Mlle Procopé fait des démonstrations sur les élèves elles-mêmes qui se massent entre elles sous la surveillance des monitrices. Elles sont ensuite autorisées, suivant leur degré d'avancement dans la pratique, à masser les malades qui nous sont confiés par les chirurgiens des hôpitaux. Ces malades sont adressés à l'école avec une fiche spéciale portant la prescription médicale, et c'est Mlle Procopé qui détermine le traitement en résultant. Les malades reviennent ensuite tous les jours d'une heure à deux se faire masser dans les deux salles aménagées à cet effet au sous-sol et qui ont une entrée distincte. Ce service est effectué par les élèves de deuxième année concurremment avec leur service d'hôpital, et Mlle Procopé, par une revision fréquente des malades, s'assure des progrès réalisés et de l'amélioration obtenue. La faveur dont jouit cette consultation qui reçoit une trentaine de malades chaque jour montre qu'elle répondait à un besoin, en attendant que l'école donne satisfaction au vœu exprimé par les chefs de service, notamment à la réunion mensuelle de Saint-Antoine (1). Dès à présent, les élèves de seconde année qui sont en service dans les salles assurent déjà les massages prescrits lors de la visite.

Mlle G. PROCOPÉ

Ce cours d'études de première année est contrôlé par des interrogations et des compositions que font faire les professeurs : les

(1) Après un échange d'observations entre MM. Le Noir, Mathieu, Siredey, Mosny, la réunion à l'unanimité adopte le vœu suivant :

« Les médecins, chirurgiens, chefs de service de l'hôpital Saint-Antoine, émettent le vœu : qu'une brigade volante de masseuses composée d'élèves de l'école d'infirmières soit affectée à l'hôpital Saint-Antoine et mise à la disposition de MM. les Chefs de service pendant la matinée. » (Séance du 15 nov. 1908.) Voy., p. 44, la statistique des malades traités en un an ; chaque malade, muni du bon délivré par l'hôpital d'origine, vient une première fois pour la désignation de l'élève qui en est chargée ; le nombre des séances ensuite n'est pas limité, en moyenne une vingtaine par malade.

monitrices précisent les questions dans des répétitions ; enfin la surveillante générale lit les cahiers et les annote de manière à vérifier si chaque élève entend bien les leçons qui sont faites. Il est établi en principe que, sauf pour l'anatomie et la physiologie, les élèves ne doivent pas recourir à des manuels : elles ont à leur disposition les divers guides publiés, soit en France, soit à l'étranger. Aucun n'est le livre officiel. Les professeurs ont cherché ainsi à éviter les efforts de mémoire, en même temps que cela leur permettait de donner à leurs cours la forme qui leur paraissait exactement convenir au but fixé.

C'est sur cet enseignement complet des conditions techniques de la profession que se développe l'enseignement de seconde année. Les élèves, qui sont à ce moment tout entières au service des salles, trouvent à l'école, avant le dîner, des cours complémentaires, des leçons sur les points spéciaux qui les aident dans leur instruction. Mais, dès la fin de la première année, elles sont en possession de la majeure partie des notions qui leur permettront de comprendre ce qui se passe autour d'elles, de rattacher à un ordre méthodique les détails de la vie quotidienne de la salle, en un mot d'appliquer intelligemment les indications qu'elles recevront des surveillantes.

L'examen de passage qui est prévu par le règlement à la fin de la première année est d'ailleurs un examen pratique : les professeurs de l'école se réunissent et, en dehors des interrogations qui portent sur les diverses parties de l'enseignement, procèdent dans des services hospitaliers à un véritable examen pratique. Cet examen permet de donner une sanction aux avertissements et d'éliminer les élèves qui n'ont pas fait ou ne peuvent faire l'effort nécessaire pour se maintenir au niveau de leurs camarades.

AMPHITHÉATRE DES COURS

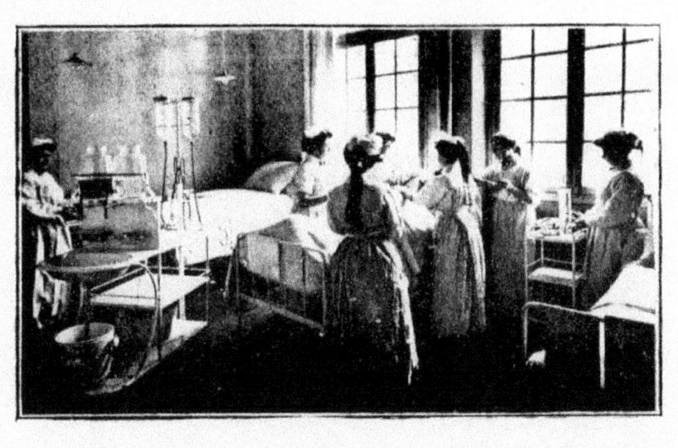

IV

L'enseignement hors de l'école

C'est dire qu'à tout moment, dans l'enseignement donné à l'amphithéâtre de l'école — cet amphithéâtre qui a fait croire à quelques-uns que l'école formerait des infirmières sans leur montrer de malades — la leçon orale a pour objet le service dans la salle. Dès le début de leur admission, les élèves reçoivent avant de pénétrer dans les salles un enseignement pratique préliminaire sur les accessoires qu'elles sont appelées à manier : à l'aide d'un mannequin, elles apprennent à faire les lits, à changer les malades ; ce n'est qu'après ce stage qu'elles sont envoyées dans les services hospitaliers où elles trouvent pour les recevoir les anciennes élèves brevetées de l'école qui non seulement peuvent les guider dans leur apprentissage, mais qui reçoivent encore des instructions de la surveillante générale de l'école des infirmières. C'est dire que les élèves sont accueillies comme il convient dans les services hospitaliers et qu'elles y trouvent des aînées capables de les instruire. Telle n'a pas été tout à fait, pour les deux premières années, la situation des élèves, mais, au moment où notre service est définitivement organisé, il convient de ne pas insister sur les petits incidents du début, aujourd'hui oubliés, et seulement de rendre hommage aux surveillantes qui, pour la plupart, ont fait preuve, dans cette collaboration avec l'école des infirmières, d'un réel dévouement à l'œuvre nouvelle.

La première année a été consacrée exclusivement aux grands services de médecine, de chirurgie, de maternité, de manière à permettre aux élèves d'apprendre l'essentiel des soins aux malades ; c'est ainsi que l'année est divisée en deux stages de trois mois en

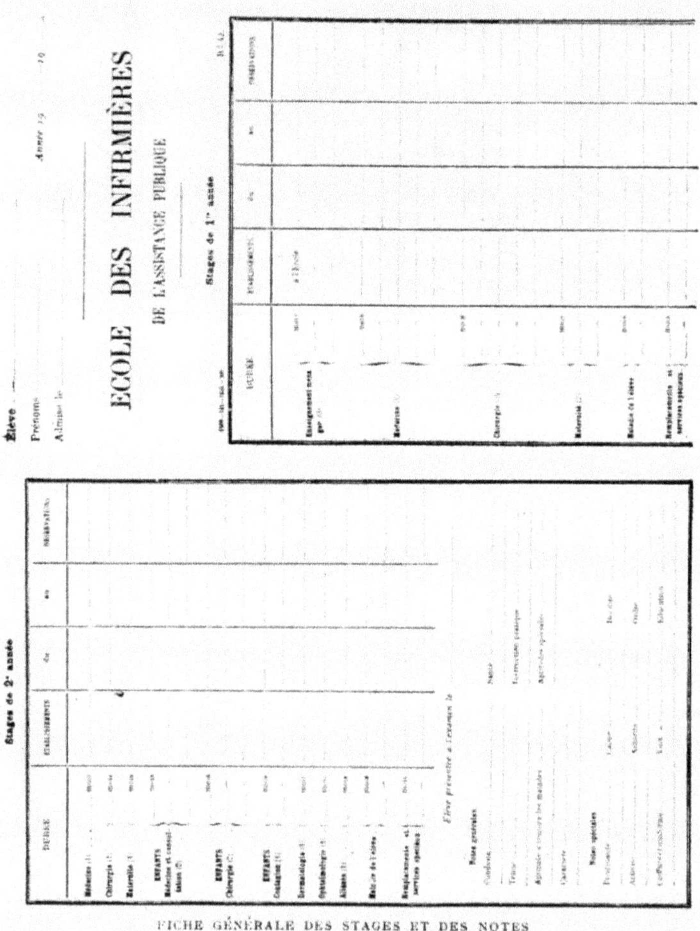

FICHE GÉNÉRALE DES STAGES ET DES NOTES

médecine et chirurgie, un stage de deux mois en maternité, un mois de congé et trois mois pendant lesquels l'élève reçoit à l'école, à la cuisine, au parloir et à l'entretien, l'enseignement ménager.

Dès le matin, les élèves quittent l'école par groupes à 6 heures et demie après avoir pris leur petit déjeuner, se trouvent dans les services hospitaliers dès 7 heures et demie du matin ; elles ne les quittent que vers midi et demi lorsque se termine cette matinée si active de nos services hospitaliers et lorsque leur présence n'est plus nécessaire.

C'est en seconde année que les élèves entrent décidément dans la vie hospitalière ; à la suite de l'examen de passage, elles ont reçu la cocarde bleue et rouge comme signe de leur classement définitif dans le personnel soignant. A partir de ce moment, elles passent tout d'abord un mois en médecine, un mois en chirurgie, un mois en maternité, de manière à procéder à une revision générale de ces grands services ; elles participent à la veille, et c'est, soit comme infirmières de jour, soit comme infirmières de veille, qu'elles travaillent depuis 7 heures et demie jusqu'à midi ou midi et demi suivant les cas, revenant déjeuner à l'école, et de 2 heures et demie à 5 heures et demie dans les salles, ou de 6 heures et demie du soir à 6 heures et demie du matin. Elles accomplissent les stages spéciaux suivants :

Enfants : médecine et consultation	2 mois
— chirurgie	2 —
— contagion	1 —
Dermatologie	1 —
Ophtalmologie	1 —
Aliénés	1 —

Il est à noter que, dans chacun de ces services, elles retrouvent l'occasion de reprendre les points principaux des services de médecine et de chirurgie, et, tout en s'assimilant les caractères principaux des spécialités, elles achèvent leur instruction professionnelle (1).

Il est inutile d'ajouter que ce court séjour dans les services spéciaux ne peut former définitivement une infirmière pour ces catégories de malades ; nous nous sommes proposés de leur donner des notions précises de manière à leur permettre, lorsqu'elles se trouveront plus tard dans les salles d'hôpital, en présence d'un aliéné, en présence d'un cas de dermatologie ou d'ophtalmologie, de ne pas se trouver surprises et de connaître au moins sommairement les règles spéciales à ces cas. En

(1) Hôpitaux où des stages sont effectués par les élèves : Salpêtrière (cancérées), Hôtel-Dieu (clinique médicale), Tenon, Lariboisière (consultation de chirurgie), Saint-Louis, Saint-Antoine, Trousseau, Clinique Baudelocque, Maternité, Necker, Laënnec, Enfants-Malades, Enfants-Assistés (contagion), Charité, Herold.

d'autres termes, nous sommes convaincus que si le délai, d'ailleurs court, des deux ans d'études, n'est pas suffisant pour instruire complètement une infirmière, nous sommes en mesure de lui donner des notions méthodiques qu'elle aura à développer plus tard, mais qui formeront pour elle une base solide dans l'avenir.

Pour aider l'élève dans son travail de chaque jour, pour contrôler ses progrès, ont été institués un carnet de notes journalières où elle reproduit chronologiquement les détails de son travail, et, d'autre part, un carnet d'exercices pratiques qui reçoit dans une liste méthodique des principales manipulations la date

[illegible] CHIRURGIE. — III. Petite Chirurgie

Préparer ce qu'il faut pour faire un appareil plâtré et préparer des bandes plâtrées				
Préparer un appareil silicaté				
Enlever un appareil plâtré et silicaté				

SPÉCIMEN DU CARNET D'EXERCICES PRATIQUES

et le visa de la surveillante de la salle lorsque chacune a été exécutée. Ce carnet est destiné à suivre l'élève, à lui servir pour elle-même de guide et, pour la surveillante générale, de contrôle. Enfin, il importait que les élèves sussent que leur passage dans les services n'était pas abandonné au hasard. Des tableaux en bois reçoivent des fiches de couleurs correspondant à chacun des services, et tous les jours les élèves peuvent consulter ces fiches qui reproduisent le développement de leur instruction professionnelle et leur montrent à quel point elles en sont.

Les services hospitaliers qui ont été choisis — ici une consultation de chirurgie très active, là un service de cancérées à la Salpêtrière, la clinique médicale de l'Hôtel-Dieu, la consultation de médecine des Enfants-Malades, etc. — comportent pour les élèves, en raison de la surcharge permanente de malades qui existe dans ces services, un enseignement des plus efficaces : aussi bien est-ce là le caractère de nos services hospitaliers qui présentent, sur beaucoup de points, une activité telle que le nombre des cas, la variété des maladies, l'importance des traitements qui y sont faits, sont de nature à nous permettre d'affirmer que l'enseignement pratique est donné dans les meilleures conditions pour nos élèves comme pour les élèves en médecine qui fréquentent nos hôpitaux.

LA BIBLIOTHÈQUE

V

La direction morale

Il ne suffisait pas d'assurer l'enseignement professionnel des élèves : il fallait aussi constituer dans l'école un groupe ayant les mêmes traditions, le même esprit et orienter toutes les élèves suivant une direction morale bien définie.

C'est cette partie de la tâche qu'a assumée la surveillante générale de l'école, aidée des professeurs qui, dans leurs cours techniques (1), n'ont pas cessé de placer à chaque instant sous les yeux des élèves le tableau des qualités morales qu'ils comptent trouver chez une infirmière. Il y a un type idéal, constamment proposé

(1) Cf. le programme du cours d'administration.

aux élèves et offert à leur bonne volonté comme le but des efforts communs.

Aussi bien la discipline a pu paraître sévère sur certains points considérés comme essentiels, par exemple la propreté, soit dans la chambre, soit sur la personne ou les vêtements ; bien d'autres sujets sont encore l'occasion de réprimandes, de peines disciplinaires, quelquefois même de renvois de l'école. Dans cette partie, la plus délicate, peut-être, de notre tâche, cette considération a prévalu qu'il importe, non pas tant de former un grand nombre d'infirmières, mais un petit nombre qui soient bonnes. Elles savent que le brevet n'est pas seulement la consécration d'une instruction professionnelle, mais la garantie d'aptitudes morales sans lesquelles il n'y a point de bonne infirmière.

Dans toutes les occasions nous nous sommes adressé à elles comme à des femmes intelligentes, désireuses de s'instruire, capables d'aborder les sujets les plus difficiles. C'est en ce sens que j'ai fait appel au concours de M. Darlu, inspecteur général de l'Université, qui est venu leur faire des conférences de morale et d'idées générales ; de M. Martine, professeur agrégé d'histoire ; on a formé une bibliothèque composée de tout ce qu'une jeune fille peut et doit lire ; on a enfin mis à leur disposition des périodiques illustrés qui les aident à se tenir au courant des choses du jour.

d. Maladies contagieuses contractées antérieurement (rougeole, coqueluche, scarlatine, oreillons, varicelle ; mentionner les dates)

e. Vaccinations

antérieures .... succès
— .... succès
à l'école .... succès
— .... succès
— .... succès
— .... succès
à l'hôpital .... succès
— .... succès
— .... succès

f. Certificat d'aptitude physique

le ....
signé ....

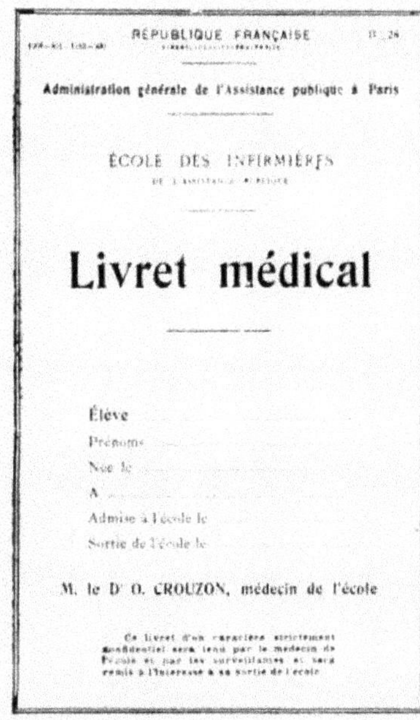
RÉPUBLIQUE FRANÇAISE

Administration générale de l'Assistance publique à Paris

ÉCOLE DES INFIRMIÈRES

DE L'ASSISTANCE PUBLIQUE

Livret médical

Élève

Prénoms

Née le

A

Admise à l'école le

Sortie de l'école le

M. le Dr O. CROUZON, médecin de l'école

Ce livret d'un caractère strictement confidentiel sera tenu par le médecin de l'école et par les surveillantes et sera remis à l'intéressée à sa sortie de l'école.

I.— Antécédents sanitaires

a. Héréditaires

b. Professions antérieures à l'entrée à l'école

c. Services antérieurs dans le personnel hospitalier

SPÉCIMENS DE QUELQUES FEUILLES DU LIVRET MÉDICAL DES ÉLÈVES

VI

Le service médical

Les précautions les plus minutieuses ont été prises pour surveiller la santé des élèves. Chacune d'entre elles est pourvue d'un *livret médical* où sont consignés les antécédents, les renseignements d'ordre médical, où sont relevés chaque année les résultats de l'examen général auquel se livre le médecin, de l'école, M. le docteur O. Crouzon, où sont notés les maladies, les incidents. S'agit-il d'une indisposition, l'infirmerie de l'école reçoit la malade ; s'il importe au contraire de lui donner des soins plus difficiles, elle est placée dans un hôpital où le service est fait par ses compagnes. Les soins dentaires (1) sont assurés par l'École

(1) M. Blatter, professeur délégué par l'École dentaire, dirige ce service ; une inspection générale est faite tous les six mois ; les traitements sont faits trois fois par semaine, le matin, pendant le temps où les élèves demeurent à l'école pour l'enseignement ménager, par M. Blatter et deux assistants, MM. Vanel, chef de clinique, et Eudlitz, démonstrateur de l'École.

III. — Sejour à l'école

II.— Examen annuel (Ire année)

Taille
Périmètre thoracique
Constitution
Tempérament
Peau
Ganglions lymphatiques
Système ostéo-articulaire
Système musculo-aponévrotique
Vision
Audition
Appareil digestif, estomac, intestins
Foie
Poumons
Cœur
Système nerveux
Organes génitaux, menstruation

dentaire de Paris. Tous les trimestres, les élèves sont pesées ; chaque semaine sont pointés les séances de douches, les bains qu'elles ont pris ; l'hydrothérapie leur est enseignée par la pratique. Le professeur de massage, Mlle Procopé, leur fait exécuter la gymnastique suédoise, des mouvements respiratoires, et elles sont habituées, ainsi, aux pratiques de l'hygiène.

Chaque dimanche, les élèves qui n'ont pas l'occasion de sortir dans leur famille font des promenades, accompagnées d'une monitrice, et aux grandes vacances, celles qui n'ont personne pour les recevoir à la campagne sont placées pendant les 21 jours réglementaires dans un établissement de l'administration, au bord de la mer.

LA SALLE DE RÉUNION

VII

Relations avec les centres d'enseignement professionnel à l'étranger

Dès la deuxième année du fonctionnement de l'école des infirmières, il a paru qu'il convenait d'établir des relations avec les nurses anglaises dont la réputation et les qualités étaient de nature à influer heureusement sur les destinées de notre jeune école. C'est ainsi que j'ai été amené à m'entendre avec un grand hôpital de Londres, l'hôpital Saint-Barthélemy, qui compte plus de 800 lits, et dont la *matron*, miss Isla Stewart, a bien voulu proposer aux gouverneurs de l'hôpital d'accueillir quelques-unes de nos élèves. A partir du mois de février 1909, des groupes de 3 ou 4 élèves ont franchi le détroit, et, grâce à l'hospitalité généreuse qui leur a été offerte (1), ont pu, au cours d'un stage de 2 mois, passer par les divers services et prendre contact avec les nurses anglaises.

Si notre enseignement, quoique conçu dans un esprit tout à fait différent de l'enseignement anglais, offre des garanties analogues et permet au moins de former des infirmières aussi expertes, il n'en n'était pas moins utile de faire comprendre à nos élèves quelle supériorité donnait aux Anglaises cette intelligence si claire des intérêts de leur profession, qui les caractérise, le sentiment de leur dignité, en un mot toutes les conditions morales que vous connaissez.

Nos élèves, de retour en France, ont fait des conférences à leurs camarades ; elles ont commenté les notes prises chaque jour, et cette comparaison avec les méthodes suivies à l'étranger a été des plus curieuses pour les unes et pour les autres.

Nous n'avons d'ailleurs pas négligé les occasions de montrer ce que nous avions fait pour le progrès de la profession, et l'administration a été officiellement représentée au congrès du Nursing de Londres (19-23 juill. 1909). Non seulement les élèves qui se trouvaient à Londres à ce moment ont participé aux séances du congrès, mais des communications ont été faites pai des professeurs de l'école, et les élèves avaient organisé une petite exposition qui a tenu honorablement sa place dans le groupe des envois faits à Londres par les nurses de tous les pays (2).

Nous ne nous étions pas bornés à apporter des explications à l'étranger sur notre nouvelle institution ; des étrangères étaient venues en France et l'école a reçu de nombreuses visites de nurses anglaises qui sont allées dans les hôpitaux, accompagnant nos élèves, et qui ont bien voulu témoigner de leur satisfaction au cours de ces visites (3).

Enfin l'école a pris part au congrès du District Nursing de Liverpool (mai 1909) où, dans la section spéciale des « Infirmières d'école », une communication a été faite pour retracer l'essai qui a été tenté dans deux écoles du 2e arrondissement de Paris (rue des

---

(1) Le président du Conseil, ministre de l'intérieur, a bien voulu, en témoignage de gratitude, décerner la médaille d'honneur de l'Assistance publique en argent à miss Isla Stewart, matron de l'hôpital, et à miss B. Cutler, son assistante.

(2) Communications de Mme Jacques, sur l'enseignement à l'école de la Salpêtrière ; de Mlle Procopé, sur le massage; de M. André Mesureur, sur le school-nursing. L'exposition des élèves a obtenu une mention honorable avec mention spéciale pour la boîte de school-nurse, établie par Mme Jacques.

(3) Cf. *British Journal of Nursing*, no du 9 nov. 1907, art. de miss L.-L. Dock, nos des 11 juill. et 29 août, 5 sept., 12 sept. 1908, art. de miss E. Wortabet, ainsi que *The Nursing Mirror*, 10 oct. 1908.

Forges), pour organiser ce que les Anglais appellent le school-nursing ; il s'agissait là d'un essai, et ce n'est qu'à titre tout à fait exceptionnel et pour aider à la démonstration d'une idée qui pourrait être utilement étendue dans les écoles de la Ville de Paris que l'école de la Salpêtrière a détaché 4 élèves pendant quelques mois ; l'organisation d'un tel service aurait pour effet de réduire sensiblement le nombre des admissions d'enfants dans nos établissements (1).

(1) Cf. André Mesureur, in *Presse médicale*, n° 86, 24 oct. 1908 : « Il faut des infirmières hospitalières dans nos écoles. »

LE JARDIN DE L'ÉCOLE

VIII

Le placement des élèves

Ajoutons à ces quelques explications concernant l'organisation et le fonctionnement de l'école des infirmières (1) les renseignements relatifs à la première promotion d'élèves brevetées, promo-

(1) Cf. André Mesureur, in *British Journal of Nursing*, 1er févr. 1908, « Training at the Salpêtrière new school for nurses » ; in *Presse médicale*, n° 30, 11 avril 1908 ; André Mesureur, in *l'Illustration*, 5 sept. 1908 ; in *Figaro*, 28 août 1908. Cf. également brochure illustrée en français ; brochure de l'inauguration ; brochure illustrée en anglais, publiée à l'occasion de l'Exposition franco-britannique.

tion qui est sortie de l'école à la suite de l'examen théorique et pratique prévu par le règlement (1) le 14 octobre 1909.

Des 59 élèves qui ont été présentées à cet examen, 1 s'est vue refuser le diplôme pour insuffisance et sera astreinte à recommencer une année d'école ; une autre a été rayée de la liste pour défaut d'aptitude morale. Outre ces 59 élèves, 7 ont été ajournées à une session ultérieure en raison des absences pour cause de maladie qui ont retardé leur instruction et qui ont réduit les stages qu'elles ont pu faire dans les hôpitaux.

Les élèves brevetées, suivant les vacances qui avaient été soigneusement relevées à l'avance, ont pu choisir dans l'ordre de classement les postes qui leur étaient réservés (2). Il a été tenu compte, pour la détermination de leur classe et de leur ancienneté, des services antérieurs dans le personnel hospitalier, à l'exception des services comme stagiaires et en comparant leur situation avec les avancements au choix dont leurs camarades du personnel hospitalier ont bénéficié.

Contrairement aux souhaits qui avaient été formulés bien souvent, elles n'ont pas été groupées, mais, au contraire, réparties isolément là où se trouvait un cadre vacant. Il est inadmissible, en effet, que l'école ne puisse pas régulièrement combler les vides du personnel soignant où se produisent ces vides. S'il serait intéressant, à titre d'expérimentation, d'assurer le service d'un hôpital exclusivement avec les élèves de l'école, il ne faut pas oublier que cette situation ne pourra se réaliser que tout à fait exceptionnellement, et en réalité ce seront toujours des postes isolés qui pourront être confiés à nos élèves.

Ceux qui exprimaient ce souhait avaient surtout en vue les inconvénients que pouvaient présenter l'isolement de ces jeunes filles et les difficultés que l'on croyait devoir se produire. Hâtons-nous d'ajouter que ces difficultés ne se sont pas produites : le tact des élèves, la bonne volonté avec laquelle elles se sont consacrées à leur tâche, la satisfaction qu'elles avaient de prendre le bonnet de soignantes et d'être titularisées dans leur emploi, à l'exception

---

(1) Les membres du jury étaient : MM. les docteurs L. Bernard, Nobécourt, Sicard, B. Cunéo, Gosset, Morestin, Bouffe, Couvelaire, Hérissey, M. A. Mesureur, président.

(2) Elles se sont ainsi réparties : Salpêtrière : 2 (aliénés), 1 (médecine) ; Pitié : 2 (chirurgie) ; Maison de Santé : 2 (chirurgie), 1 (médecine) ; Tenon : 3 (chirurgie), 6 (médecine), 1 (crèche) ; Lariboisière : 2 (médecine) ; Enfants-Malades : 2 (médecine) ; Brévannes : 9 ; Hendaye : 1 ; Bicêtre : 1 ; Saint-Louis : 10 (médecine et chirurgie) ; Berck : 2 (chirurgie) ; Bretonneau : 1 (médecine) ; Herold : 2 (médecine) ; Trousseau : 2 (médecine) ; Necker : 2 (médecine) ; Yzeure : 1 (médecine).

de quelques froissements insensibles et d'ailleurs bien vite oubliés, ont résolu le problème. Nos élèves ont su conquérir leur place dans les hôpitaux et elles s'y sont acquis l'estime et la sympathie de leurs camarades comme de leurs chefs.

L'école ne se désintéressera pas de ses anciennes élèves. Non seulement l'école leur sera toujours ouverte et elles y trouveront quelques faveurs qui pourront leur être agréables (1), mais encore elles y trouveront un enseignement post-scolaire ; elles compléteront leur instruction par des conférences ; il s'agit, en effet, de maintenir leur esprit en éveil en sollicitant leur attention et en leur montrant qu'il est nécessaire de travailler constamment à se perfectionner.

(1) Elles ont la libre disposition de la bibliothèque, du service des bains et du service dentaire ; elles ont accès à tous les cours et sont invitées spécialement aux conférences. Enfin la table de l'école leur est ouverte.

LE RÉFECTOIRE

ANNEXES

I

Dépenses de l'école des infirmières en 1908

35.178 JOURNÉES (75 élèves pendant 9 mois ; 150 pendant 3 mois (1)	MONTANT de la DÉPENSE	PRIX MOYEN de la JOURNÉE	OBSERVATIONS
Personnel administratif . .	» »	» »	(1) Le chiffre normal des journées de présence est de 54.750; le prix de journée en subira en 1909 une diminution proportionnelle. (2) Il y a lieu de déduire de ces chiffres la mensualité payée aux élèves, soit 0 fr. 50 en moyenne par jour, mensualité qui correspond au service exécuté par elles dans les salles.
Impressions, frais de bureau	1.592 86	0 0453	
Pensions de retraite	» »	» »	
— de repos	» »	» »	
Bâtiments	2.007 77	0 0571	
Personnel médical	» »	» »	
— hospitalier. . . .	19.756 »	0 5616 (2)	
Médicaments.	375 »	0 0107	
Appareils	2.001 22	0 0569	
Pain	4.762 29	0 1354	
Viande.	16.851 18	0 4790	
Vin	2.563 98	0 0729	
Comestibles	26.375 76	0 7498	
Chauffage et éclairage . . .	17.894 96	0 5087	
Blanchissage	2.500 »	0 0710	
Coucher, linge, habillement	7.605 30	0 2162	
Mobilier.	2.333 20	0 0663	
Transports.	2.047 05	0 0582	
Eaux, salubrité, etc.	2.829 48	0 0804	
Instituteurs	2.650 »	0 0753	
Frais de cours, de concours	3.825 »	0 1087	
Personnel ouvrier	6.725 12	0 1912	
TOTAL.	124.696 17	3 5447 (2)	

II

Malades soignés au service du massage

(24 novembre 1908 - 31 décembre 1909)

DIAGNOSTIC	NOMBRE de MALADES	AMÉLIORATIONS définitives	AMÉLIORATIONS douteuses ou insuccès	OBSERVATIONS
Fractures : radius.	58	51	7	
— fémur.	13	11	2	
— humérus	20	16	4	Ne sont pas revenus se faire masser jusqu'à complète guérison.
— clavicule	3	3	»	
— métacarpiens .	7	7	»	
Entorses	29	29	»	
Luxations : coudes	6	6	»	
— épaule.	8	8	»	
Contusions : bras	20	20	»	
— épaule	19	15	4	Ne sont pas revenus.
Rhumatismes	22	12	10	Malades améliorés, dont 3 rhumatismes déformants.
Arthrites simples	8	4	4	
— chroniques . . .	4	»	4	N'ont pas continué le traitement le trouvant trop long.
— blennorrhagiques	2	»	2	
Phlegmons	3	2	1 (1)	(1) 1 malade partie avec beaucoup d'amélioration doit revenir se faire masser.
Pieds plats	2	»	2	
Hémarthrose	2	2	»	
Hydarthrose	5	5	»	
Obésité abdominale	1	1	»	
Varices	6	6	»	
Coxalgies.	3	»	3	
Hémiplégies.	4	»	4	Malades allant beaucoup mieux après le traitement.
Synovites.	5	5	»	
Section fléchisseur du pouce	2	2	»	*Le Professeur,* G. Procopé
Déchirures tête humérale .	2	2	»	
TOTAL.	254	207	47	Séances quotidiennes de 1 h. à 2 h. Le mardi, de 5 h. à 7 h., examen général des malades. Nombre moyen des malades par séance: 30. Nombre moyen de séances par malade : 20.

III

Affectation des élèves promues en 1909

(Infirmières de 2e classe)

NOMS	ÉTABLISSEMENTS	SERVICES	PROFESSEURS
Mlles			
Fraval	Salpêtrière	Monitrice à l'école	
Gosselin	—	—	
Hayet	—	—	(En congé)
Soulier	—	—	
Baillet	—	Médecine	Pr Raymond
Bessière	—	Aliénés	Dr Denys
Blondeau	—	Vieillards	Pr Déjerine
Bize	Pitié	Chirurgie	Dr Walther
Laurenson	—	—	—
Trégouet	—	—	
Pradié	Maison mun. de Santé	—	Dr Auvray
Tanguy	—	—	—
Terrié	—	—	—
Arnal	Tenon	Médecine	Dr Caussade
Bertoux	—	—	Dr Parmentier
Buteau	—	Chirurgie-Crèche	Dr Souligoux
Chevalier	—	Médecine	Dr Parmentier
Convers	—	Chirurgie	Dr Morestin
Courtas	—	—	—
Crabbe	—	Médecine	Dr Klippel
Landes	—	—	Dr Besançon
May	—	—	Dr Ménétrier
Soismier	—	—	—
Chaumont	Lariboisière	—	Dr Launois
Martin	—	—	Dr Tapret
Sicard	Enfants-Malades	Chirurgie	Pr Kirmisson
Vivier	—	Médecine	Dr Méry
Danchot	Brévannes	Médecine-Enfants	Dr Clément
Delmas	—	—	—
Fleury	—	Médecine	Dr Marie
Guignan	—	—	—
Lacoste	—	—	—
Mathieu	—	—	—
Parra	—	Médecine-Enfants	Dr Clément
Vallain	Beaujon		
Ackerlen	Saint-Louis	Dermatologie	Dr Thibierge
Alazard	—	Chirurgie	Dr Rieffel
Bergougnoux	—	Maternité	Dr Boissard
Derval	—	—	—
Fuchs	—	Dermatologie	Dr Brocq
Rucheton	—	Maternité	Dr Boissard
Swietlinski	—	Gynécologie	Dr Rochard
Tuppin	—	Chirurgie	Dr Beurnier
Vérollet	—	Gynécologie	Dr Rochard
Le Henry	—		
Reculard (H.)	Hôtel-Dieu		
Lavieille	Bretonneau	Chirurgie	
Joubeau	Herold	Médecine	Dr Barbier
Lecoanet	—	—	—
Hutrel	Trousseau	Crèche-Médecine	Dr Triboulet
Jean	—	—	—
Bré	Necker	Chirurgie	Pr Delbet
Hélie	—	—	—
Jehannin	Bicêtre	—	
Sicot	Hendaye	Médecine	Dr Camino
Maniquet	Yzeure	—	
Perreau	Hendaye	Médecine	Dr Camino
Schmitt			
Magny	Herold	Médecine	Dr Barbier

IV

DISCOURS de M. le docteur Sebileau, chirurgien des hôpitaux, directeur des travaux scientifiques à l'Amphithéâtre d'anatomie, à l'inauguration de l'école (4 novembre 1908)

Ce n'est pas sans une certaine émotion, Monsieur le Ministre, que je prends la parole aujourd'hui devant vous. Je ne sais parler d'autre langage que celui de l'anatomie et de la clinique, et je n'ai jamais eu d'autre auditoire que celui de mes propres élèves. Mais je pense qu'en entrant dans cette antique et glorieuse Salpêtrière, asile de la vieillesse et des infirmités, vous avez senti une grande indulgence pénétrer en vous et que vous aurez vite oublié le pauvre orateur que je suis pour ce qu'un mauvais discours est si peu de chose dans un si grand cadre.

Aussi bien est-ce probablement à ma réputation de censeur un peu sévère que je dois le périlleux honneur de parler devant cette assistance de choix. Les fondateurs de cette école, qui me connaissent bien, se sont dit qu'ils n'avaient pas à craindre de moi un compliment de circonstance. Et ils ne se sont pas trompés.

Eh bien ! Mesdemoiselles, je vais simplement vous faire une petite leçon, comme d'habitude. Je vais vous dire ce qu'est une bonne infirmière hospitalière et quelle éducation préparatoire elle doit, à mon avis, recevoir.

L'infirmière est la collaboratrice la plus modeste, mais peut-être la plus précieuse, des médecins, des chirurgiens et accoucheurs des hôpitaux. Elle est comme le trait d'union entre les malades au chevet desquels elle vit sans cesse et les chefs de service qui n'y passent et n'y peuvent passer que quelques instants par jour. A ce titre, elle doit, me semble-t-il, recevoir une triple instruction : il faut qu'elle soit initiée aux grandes choses élémentaires de l'anatomie, de la médecine et de la chirurgie ; il faut qu'elle s'imprègne de connaissances techniques consommées ; il faut enfin que son cœur soit formé à l'amour du malade et que sa conscience soit peu à peu élevé à la hauteur du devoir médical qui est à mon avis, au sens que les anciens donnaient au mot, la plus belle manifestation de la vertu.

Et qui donc, Mesdemoiselles, pourrait mieux vous donner cette instruction théorique, professionnelle et morale que notre Assistance publique, cette *alma mater* des indigents et des nécessiteux, qui vous ouvre les portes de ses grands et beaux hôpitaux, vous place sous la tutelle de son corps médical dont tous les membres, parmi lesquels beaucoup sont illustres, sont de féconds moniteurs de bonté et de dévouement, qui a construit pour vous ce grand et sobre bâtiment baigné d'air et de lumière où pendant deux ans elle vous assure, loin des préoccupations et des soucis de la vie matérielle, une hospitalité qui déborde de confortable, d'hygiène, d'exemples, de conseils et d'enseignement ?

Qu'est-ce donc qu'une infirmière hospitalière ? Suivons-la, si vous le voulez, dans les différents moments de la journée. Le chef de service vient d'arriver pour sa visite quotidienne : je la vois, cette infirmière, au milieu des assistants, des internes, des externes et des stagiaires, rejoindre le maître et simplement lui dire quelles choses la veille se sont passées le jour, quelles choses se sont passées la nuit : je la vois enregistrer les prescriptions, le régime, les médicaments, les soins et les pansements ordonnés pour chacun des malades ; il faudra réchauffer celui-ci, refroidir celui-là, baigner ce typhique, envelopper ce pneumonique, sérumiser cet affaibli, morphiniser ce douloureux.

N'est-ce pas elle, l'infirmière, que je vois vers midi à l'heure où l'appétit de ses vingt ans appelle au quartier latin le jeune stagiaire oublieux, s'approcher de lui déjà débarrassé du tablier, et lui dire amicalement : « Monsieur, il reste encore trois pansements à faire » ? N'est-ce pas elle encore que, avec une certaine crainte, je vois aborder cet étudiant zélé, trop curieux des choses de la médecine, qui momentanément arraché à la compassion par le bonheur de s'instruire, s'attarde à prendre la trop longue observation d'un pauvre diable épuisé, et lui faire doucement cette remarque : « Monsieur, le malade est bien fatigué » ?

N'est-ce pas elle encore qui, dans la salle d'opérations, monte la garde autour du chirurgien et de ses assistants, éloignant des instruments, des pansements et des solutions les médecins et les élèves, qui, avides de voir, s'approchent et risquent de compromettre par leur curiosité la stérilité de tout appareil chirurgical compliqué que le plus petit contact peut infecter ?

Puis, quand, après la visite, tout le corps médical a quitté la salle, c'est elle, l'infirmière hospitalière, qui assume toute la responsabilité de tant de vies à conserver, de tant de guérisons à poursuivre : il ne faudra pas seulement alimenter, aérer, nettoyer, médicamenter, panser chaque malade ; il faudra, constamment, faire le guet, épier la complication éventuelle, se poser en sentinelle permanente, être sans cesse « en arrêt ». Ce typhique, en s'asseyant sur son lit, ne va-t-il pas tomber en syncope ? Ce délirant, obéissant à cette étrange attraction que la lumière exerce sur tous les êtres inconscients, ne va-t-il pas quitter son lit et courir à la fenêtre ? Ce tabétique ne commence-t-il pas une crise de spasme glottique ? Ce goitreux ne « corne-t-il » pas après son infirmière et ne tire-t-il pas désespérément après l'air ? Ce pleurétique ne va-t-il pas étouffer sous son épanchement ? Cet opéré ne saigne-t-il pas sous le grand pansement qui cache sa plaie ? Ce fracturé qui geint n'a-t-il pas son bras trop comprimé dans le bandage, en imminence d'asphyxie locale ? Et que sont ces crises convulsives survenant brusquement chez cet homme dont la tête est blessée, sinon celles de l'épilepsie jacksonienne, indicatrices d'une fracture cranienne qu'il faudra trépaner ? Voilà où apparait bien le rôle délicat et difficile de l'infirmière hospitalière : voilà où il faut qu'elle excelle en vigilance ; car de son zèle, de son activité, de sa prévoyance seules dépendent la rapidité avec laquelle l'alarme est donnée et, par conséquent, la rapidité avec laquelle sont donnés les soins d'où sortira la guérison.

Mais nulle part n'éclate d'une manière plus évidente la grandeur du rôle de l'infirmière hospitalière que dans ce que nous appelons la « garde des grands malades. » Il faut avoir vécu toutes les angoisses de la chirurgie abdominale, comme je l'ai fait autrefois, ou toutes les angoisses de la grande chirurgie cervicale, comme je le fais aujourd'hui, pour se faire une idée de ce que peuvent réaliser ces soins continus, ardents, épuisants d'une bonne infirmière veillant près d'un grand pyrétique, d'un grand choqué, d'un grand opéré. Oui, j'en ai condamné, oui, j'en vu condamner par mes maitres de ces grands malades que la volonté, la ténacité et l'obstination d'une femme ont arrachés à la mort. Et je ne connais rien de plus grand, rien de plus beau que ces obscurs dévouements qui se déploient mystérieusement dans le silence et la tristesse d'une petite chambre d'isolement et y accomplissent ces miracles surprenants qui resteront toujours ignorés.

Ah ! que cela est difficile, Mesdemoiselles, d'être une bonne infirmière ! Qu'il est besoin, pour cela, de qualités, et de grandes qualités ! Il me semble que les malades sont comme de grands enfants et qu'il faut, autour d'eux, de la discipline et de la gravité, de la douceur et de la faiblesse, de l'enjouement et de la puérilité. Croyez-moi, il faut qu'une infirmière soit ferme, résolue, décidée, comme un capitaine ; qu'elle soit bonne, tendre, patiente, prévoyante comme un père de famille ; gaie, riante, caressante et exubérante comme un enfant — car les enfants n'aiment à jouer qu'avec d'autres enfants.

Eh bien, toutes ces qualités, qui sont comme l'épanouissement du « caractère médical », vous les avez héréditairement en vous, Mesdemoiselles : il faut qu'elles se développent, se disciplinent, s'harmonisent avec le rôle que vous aurez à jouer. C'est donc sur un enseignement moral très fort et continu que doit s'appuyer votre instruction professionnelle : or, dites-moi si cet enseignement moral vous ne le recevez pas ici à toute heure du jour. D'abord chacun de vos professeurs, quand il en trouve dans son cours l'occasion, s'y applique avec insistance. Ensuite, mon ami André Mesureur, chaque année, dans les leçons qu'il vous fait sur la *personnalité de l'infirmière*, vous montre combien votre tâche est belle, combien elle est rude, quelles responsabilités elle vous fait encourir, quel sentiment de votre dignité personnelle elle comporte, quelle élévation de caractère elle exige. Enfin, ne le trouvez-vous pas, surtout, cet enseignement moral sur lequel vous devez édifier votre vie professionnelle dans l'exemple et dans les conseils de votre directrice, Mme Jacques, qui, aidée de ses deux collaboratrices, oriente et développe vos qualités ou, quand la chose est nécessaire, corrige avec une douce fermeté les quelques défauts que vous apportez ici, lesquels sont le fruit de l'hérédité ou d'une éducation première trop indulgente.

C'est sur ce terrain si bien préparé que nous venons, que nous devons venir, nous, vos professeurs, semer la graine de l'anatomie, de la médecine et de la chirurgie. Certes, il ne faut pas que vous deveniez des bas bleus et que vous fassiez de fausses et détestables savantes. N'aspirez pas à remplacer vos futurs chefs près de leurs malades ; mais dites-vous bien qu'il est nécessaire que vous connaissiez ce qu'on peut appeler les « grands éléments » de la chose médicale. Et quoi ? vous ne sauriez pas reconnaître et distinguer les principaux tissus de l'économie ? Vous confondriez, comme la cuisinière, le nerf et le tendon ? Vous ignoreriez que le muscle est cette chair rouge et délicate, élastique et contractile qui se termine par des rubans plats ou ronds, courts ou longs, blancs, nacrés, résistants, qu'on appelle les tendons ? Vous n'auriez pas vu, dans les interstices celluleux des membres, circuler, comme dans un lit couvert et protégé, les grosses artères, les grosses veines, les gros nerfs ?

Dites-moi s'il est possible, vous qui verrez palper, percuter, ausculter, que vous ne sachiez pas comment le cœur, couché sur le diaphragme entre les deux poumons, se fait du poumon gauche un doux et élastique oreiller, comment ce gros foie assez faiblement suspendu dans l'hypocondre droit repose sur la masse gazeuze de l'estomac et de l'intestin, comment cette petite rate, dans l'hypocondre droit, se cache derrière la grosse tubérosité de l'estomac.

fuyant l'examen, et comment ce grêle appendice iléo-cœcal, triste apanage de l'espèce humaine, s'est glissé dans le flanc droit, tout superficiel, presque derrière la paroi abdominale, comme venu autrefois docilement vers la superficie à l'appel lointain des chirurgiens de l'avenir qui pressentaient qu'un jour ils auraient à régler des comptes ensemble ?

Et je veux que vous sachiez aussi, vous qui ferez suivre aux malades le régime institué par vos chefs, comment circule le bol alimentaire dans le tube digestif et quelles modifications il subit dans les étapes de son long voyage. Je veux que, vous qui compterez le pouls et les mouvements respiratoires, vous qui verrez des hémorragies, que vous sachiez comment l'élasticité des artères transforme en mouvement continu le mouvement intermittent du sang lancé dans le torrent circulatoire par les à-coups du cœur, comment, aspiré par la dilatation du soufflet thoracique, l'air entre dans nos bronches chargé d'oxygène et en sort chargé d'acide carbonique par le jeu actif de l'élasticité pulmonaire. Je veux que vous sachiez encore, vous qui prendrez la température de vos malades, quel feu intérieur brûle en nous dans la profondeur de nos cellules, assurant l'équilibre constant de notre état thermique et nous permettant de vivre avec une égale facilité dans les éternelles glaces des régions polaires ou sous l'implacable soleil des tropiques.

Laquelle de vous, voyant le pauvre comateux, étranger au monde extérieur et mort à toutes les sensations, porter la main vers la plaie quand il n'a plus conscience, ne se rappellera la grenouille décapitée qui, de sa patte postérieure, vient gratter la région de son dos sur laquelle on verse une goutte d'acide sulfurique ?

Ce qu'est un microorganisme, comment il vit et où il cultive ; comment celui-ci aime la lumière et celui-là l'obscurité ; quelle vie les uns et les autres pénètrent en nous, comment ils colonisent dans notre sang, dans nos humeurs et dans nos tissus ; comment ils nous tuent et comment nous les tuons, quelles sont les principales maladies qu'ils nous donnent et quels sont les principaux symptômes de ces maladies ; comment nous devons, pour nous préserver d'eux, nous aérer, nous ensoleiller, nous nettoyer, nous chauffer, nous éclairer, puisque nous n'avons pas la bonne fortune de pouvoir nous stériliser ; ce que nous devons manger, mais ce qu'il faut que nous ne buvions pas : voilà encore ce qu'il faut apprendre et connaître ; voilà, veux-je dire, ce que vous apprenez ici et que certainement vous connaissez déjà.

Et quoi de plus facile que de vous enseigner maintenant « votre métier » ? La stérilisation des instruments de chirurgie et des objets de pansement, le nettoyage des mains et du champ opératoire, qu'est-ce donc à apprendre pour quelqu'un qui, en faisant un peu de théorie, a pris confiance dans la science médicale ? Habiller un enfant et déshabiller un vieillard, savoir coucher l'un et savoir lever l'autre ; stériliser le lait du nourrisson et les sondes du pauvre vieux prostatique ; entourer d'égards la femme enceinte à la manière des anciens qui ne manquaient jamais de la saluer et lui éviter ainsi qu'à la parturiente toute contamination venue des mains, des instruments et objets de toilette ; autant de choses, Mesdemoiselles, que l'on vous montre ici, qui deviendront bientôt pour vous comme une série d'actes réflexes, mais dont vous sentirez surtout la nécessité et à la pratique desquelles vous serez surtout initiées dans et par votre stage hospitalier.

Oui, c'est bien là, là seulement, à l'hôpital, que, sous la direction des chefs de service, des assistants et des internes, vous apprendrez « votre métier ». Car c'est là que vous vivrez les grandes émotions médicales, là que vous sentirez battre votre cœur dans ces grandes salles où viennent se confondre sur le lit de misère les joies et les douleurs des pauvres gens, là que vous sentirez naître et grandir en vous, devant le spectacle de la souffrance humaine, cet impérieux besoin d'aider à guérir, à soulager et à consoler qui est bien, je crois, la plus noble et la plus touchante manifestation du cœur humain.

V

DICTÉES

I. *Le retour à la ferme.* — Cependant, le signal du départ avait été donné : on avait dételé les charrues qui restaient penchées et comme endormies dans le sillon. Chaque laboureur, enfourchant un cheval, en mena deux autres en laisse. Quand cette cavalerie eut atteint le bord du champ, elle partit au grand trot pour la ferme ; la route tremblait sous les pesants sabots, les cailloux jetaient des étincelles ; puis, passèrent les six bœufs, la tête pliée sous le joug, et, de leurs naseaux fumants, pendaient de longs fils d'écume argentée. Après eux, les quatre cents moutons défilèrent en bêlant ; leurs pas pressés soulevaient un tourbillon de poussière ; le soleil allait disparaître ; ses rayons presque horizontaux mêlaient leur pourpre aux teintes violettes de la luzerne et à l'or du chaume ; un nuage enflammé se reflétait dans une petite mare ; à travers les buissons qui la bordaient, on la voyait toute rouge. L'angélus tintait ; au frémissement de la cloche répondaient des cris aigus d'hirondelles caracolant et rasant le sol. Les moutons défilaient toujours et l'on entendait encore dans le lointain le trot pesant des douze chevaux.

George Sand.

II. *L'amour de la patrie.* — L'amour de la patrie ne s'apprend point par cœur ; c'est avant tout un sentiment naturel. Il est naturel d'aimer son pays comme on s'aime soi-même, de le préférer aux autres comme on se préfère à autrui. Comme les sentiments de cette sorte sont les plus forts, il les faut d'abord prendre comme ils sont. Les raisons naturelles d'aimer notre pays sont si bonnes qu'il les faut dire avec soin. J'ai enseigné autrefois la géographie à de petits enfants. Je ne leur parlais jamais sans émotion de la géographie de la France ; il m'était indifférent qu'ils n'en connussent pas les détails. Je n'ai jamais grondé pour l'oubli d'un nom. Je n'exigeais pas l'énumération des affluents, des caps, des sous-préfectures ; mais je tâchais que la figure de notre pays leur apparût avec des traits précis et que le charme de sa rare beauté fût senti par les jeunes âmes, car il faut que l'écolier de France sache qu'entre tous les écoliers du monde il est né heureux et riche. Il possède une large part de l'immense Océan et de la Méditerranée, toutes les teintes du ciel, les montagnes de granit et les molles collines, toutes les fleurs, tous les fruits de la terre. En France, la nature évitant les extrêmes, adoucissant les contrastes, mais plaçant quelque chose de tout, s'est exprimée tout entière avec toutes ses forces et toutes ses grâces.

Donnez donc à l'enfant le sentiment de la beauté et de la dignité naturelles de notre pays d'où naîtra sans effort cet autre sentiment qu'il le faut aimer, servir et défendre.

Lavisse.

III. *La récolte du bois mort.* — Je connais peu de spectacles plus mélancoliques que la vue d'une forêt, l'hiver, par un jour de brouillard et de pluie, quand elle vient d'être livrée à la serpe de pauvres gens qu'on a autorisés à ramasser et à couper le bois mort. Ces coups sourds de hachettes, faisant écho de toutes parts dans la profondeur des bois dépouillés ; ces vagues formes humaines se mouvant au milieu des branchages noirs de pluie ; ces troupes de misérables de tout âge, enfants, vieillards, vieilles femmes, tout couverts de haillons, dont les uns s'attellent à de longues branches qu'ils tirent à travers les broussailles, pendant que les autres s'avancent lentement un à un, comme des fantômes, et courbés sous le triple fardeau du fagot, de l'âge et de la misère : tout cela présente un des plus sinistres aspects de la vie humaine qui puissent être rêvés. L'épaisse charge de ramée qui les couvre s'allonge au-dessus de leur tête, comme une toiture qui surplombe, et traîne derrière eux, avec un bruit sec, comme un pan de manteau de feuillage Aussi à les voir de près et de face, enfouis au centre de cet amas de branchages, on dirait un animal dans sa carapace, tandis qu'à les voir de loin et par derrière, on croit apercevoir une forêt qui marche.

LEGOUVÉ.

NARRATIONS

I. « Lettre d'une élève de l'école des infirmières à ses parents à l'occasion de la nouvelle année. »

II. « Un commencement d'incendie a éclaté dans une salle de malades. La surveillante de la salle écrit au directeur de l'hôpital pour lui raconter cet incident, et lui faire connaître que l'incendie a été éteint uniquement avec le concours et grâce au dévouement du personnel. »

III. « Une candidate écrit à l'une de ses amies pour l'inviter à se présenter, comme elle, à l'école des infirmières. »

ARITHMÉTIQUE

I. « Pour faire confectionner une douzaine de chemises, une mère de famille achète 40 mètres de toile à 1 fr. 50 le mètre. Le fil et les boutons lui coûtent 5 fr. 60 et la couturière chargée du travail lui demande 1 fr. 80 par chemise. A combien revient une chemise ? »

II. « Le prix du pain étant en moyenne de 0 fr. 38 le kilogramme, quelle sera pour cet aliment la dépense annuelle d'une famille dans laquelle le père mange chaque jour 850 grammes de pain, la mère 620 grammes et chacun des trois enfants 470 grammes ? »

III. « Un libraire achète 804 volumes à 0 fr. 35. Il en reçoit 13 pour 12. S'il revend le volume 0 fr. 50, quel sera son bénéfice sur cette affaire ? »

IV. « Une lampe brûle par heure 0 kil. 065 d'huile à 1 fr. 15 le kilogramme. Une autre lampe ne brûle que 0 kil. 05, mais elle exige de l'huile à 1 fr. 25 le kilogramme. Quelle est celle des deux lampes qui présente le plus d'économie ? De combien sera l'économie pour l'année entière, si chaque lampe est allumée en moyenne pendant 6 heures par jour ? »

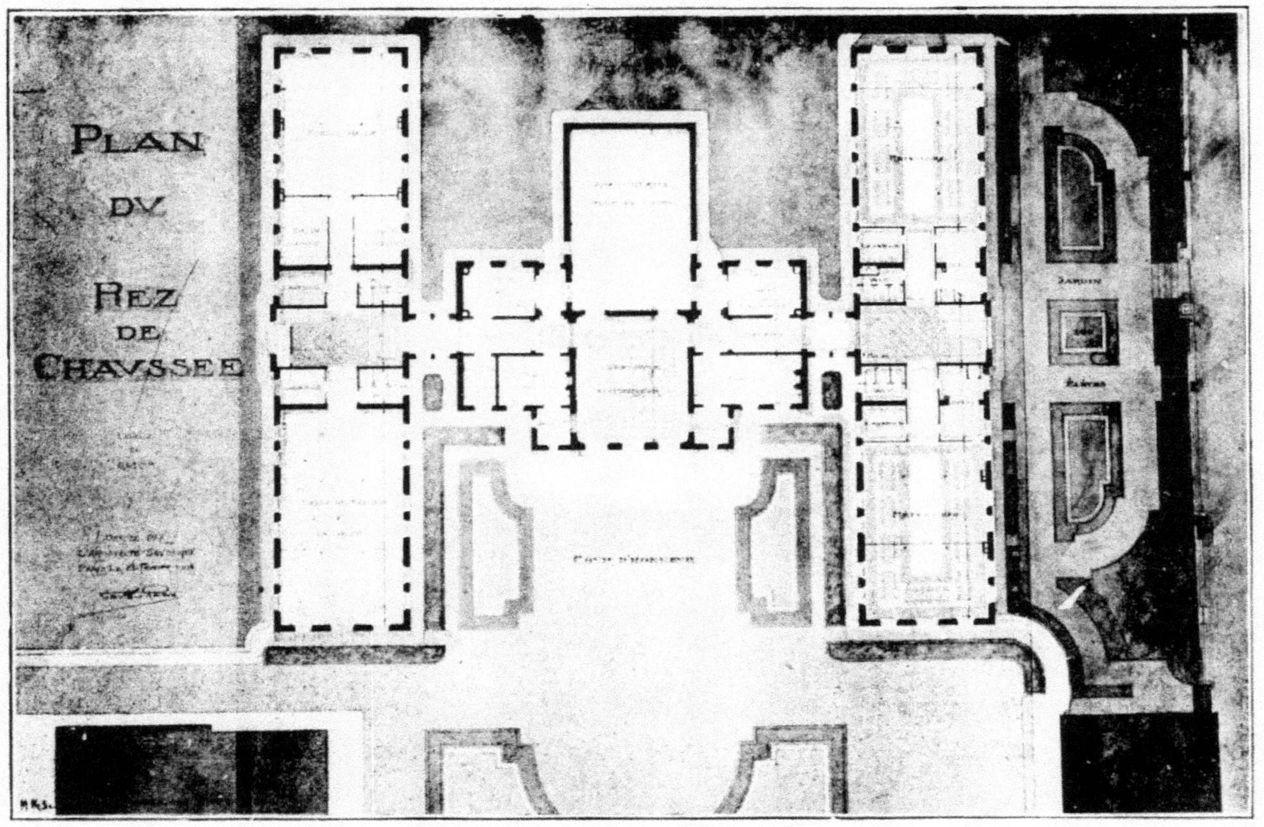
PLAN
DV
REZ
DE
CHAVSSEE

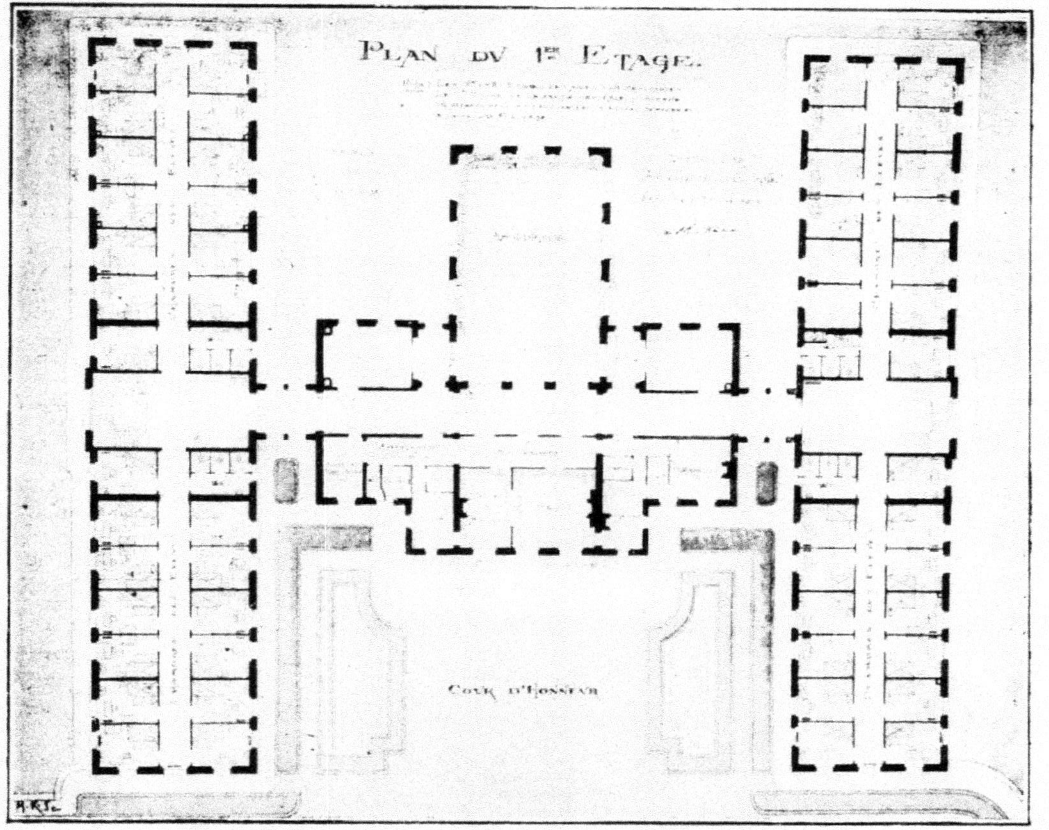
PLAN DU 1er ETAGE.
COUR D'HONNEUR

TABLE DES MATIÈRES

COMPOSÉ, IMPRIMÉ ET BROCHÉ PAR LES PUPILLES DE LA SEINE, ÉLÈVES DE L'ÉCOLE D'ALEMBERT, A MONTÉVRAIN.

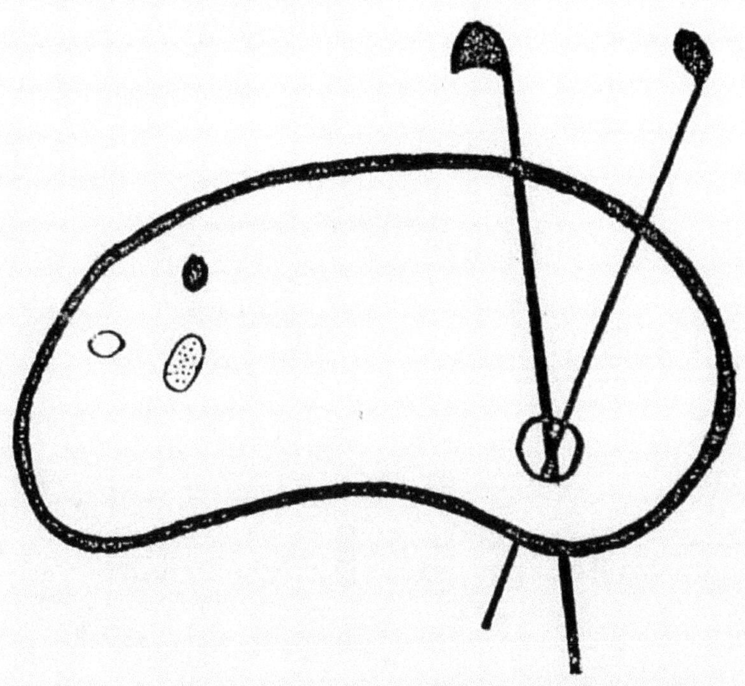

RED. :

20

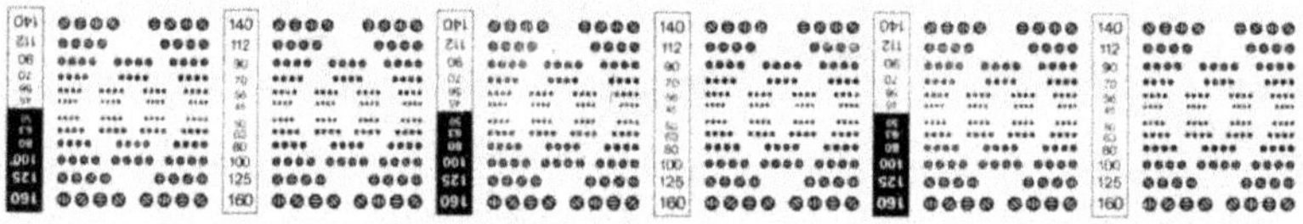

graphicom

MIRE ISO N° 1
NF Z 43-007
AFNOR
Cedex 7 - 92080 PARIS-LA-DEFENSE